闯海天涯，诗语生活

张亚◎著

南海出版公司
2020·海口

图书在版编目（CIP）数据

闯海天涯，诗语生活 / 张亚著. -- 海口 : 南海出版公司，2020.8（2022.8月重印）
ISBN 978-7-5442-8694-7

Ⅰ. ①闯… Ⅱ. ①张… Ⅲ. ①诗集－中国－当代
Ⅳ. ①I227

中国版本图书馆CIP数据核字(2020)第160629号

CHUANGHAI TIANYA，SHIYU SHENGHUO

闯海天涯，诗语生活

作　　者　张　亚
责任编辑　孙翠萍
出版发行　南海出版公司　电话:(0898)66722926(出版)
(0898)65350227(发行)
社　　址　海南省海口市海秀中路51号星华大厦五楼　邮编：570206
电子信箱　nhpublishing@163.com
经　　销　新华书店
印　　刷　北京建宏印刷有限公司
开　　本　880毫米×1230毫米　1/32
印　　张　7.25
字　　数　100千字
版　　次　2020年8月第1版　2022年8月第2次印刷
书　　号　ISBN 978-7-5442-8694-7
定　　价　68.00元

目　录

专访90后作家张亚：一个被创业“耽误”的青年作者

他是一个理智果断的人，不论是在创业的抉择中还是在日常琐碎里，总能一针见血地找到“七寸”之位，把混乱如麻的情况处理得井井有条……

他是一个深情细腻的人，不管处理人际关系还是沉浸在文字中，深情厚感蕴藏在胸腔里，只待一拳重击，情意汹涌而出……

他是张亚，文学笔名雨落平凡、芒辰、宇文轩宇，一个集作家、导演、摄影师、新媒体讲师、创业达人等多重身份的90后，现为芒辰传媒、南徽文化创始人，“星期八文学社”社长。他曾在《安徽青年报》《疯狂阅读·青春风》《海南日报》《三亚日报》《散文诗》等报刊发表文章数百篇，文章收录在大学生系列丛书《东方黎明》《春风吹过90后》等文集和年选中，文章《中国梦·文学梦》获得“海南凤凰杯——我的中国梦”征文比赛二等奖。

张亚在《中国梦•文学梦》中写道，“记得小学的时候我的作文写得就很好，经常被老师当范文在班里朗读。到了初中的时候，也就是2004年，我才知道‘文学’这个词。是那一年，我真正明白什么是文学，也是那一年，我心里珍藏着一个文学梦。”自此，“我痴迷于文字带来的快乐，就像飞蛾痴迷于光所带给它的温暖与光明一样，痴迷会让一个人变得疯狂，我的疯狂多是来自于文字带给我的心灵触动。”

上学时，工作后，文学、文字一直渗透在张亚生命里的点点滴滴。在深夜里，万籁俱寂，意兴阑珊时他时常褪去铅华，喜欢窝在家里的角落里看一本书，写一点文字，来抒怀他心中呼之欲出的情感。用他的文字来说，“坚持不懈地写作，只是为了让我自己安心，可以安心地睡觉，结束一天天的忙碌”。

他擅长抒情类的文字表达，文字细腻，感情真挚，每一篇每一首都藏着不可言传的情愫，这与他黝黑的肤色、敦实的身材形成鲜明的反差。作为一个“殇系”男作家，张亚的文字时而含蓄，时而深沉，时而张扬……

于青春朦胧的美好感情，他渴望“当我们都老时，如果可以，一样可以为对方擦拭脸上的雨水；一样可以调皮地拍你一下；或者，一样可以两个人手握一把伞，年轻一样说笑。给我一个承诺，给我一个拥抱，今生足矣”。于血浓于水的高尚母爱，他感慨“累了，脖子痛了，腰也酸了，精神却又高涨起来，儿女的学费在脑子里，儿女的玩具也在脑子里，也许是那屋内的雨惊醒了头脑。雨，滴在额头、在胸脯，甚至在大腿上，笑容却依然在脸上。雨水、笑容，一幅人间最美的画”。于崎岖创业路的不舍毅力，他勉励自己“流一滴泪，给过去，也给未来，更是给激情。跟着自己，一路向前，行走，奔跑，停歇，行走，奔跑。是我，是我，走在自己的世界里，寻找一颗梦想，一颗只属于自己的梦想”。而文学、文字对于张亚来说就是一只翩翩起舞的蝶，“蝶是那么的痴情，那么的单纯，那么的圣洁，就像梁山伯与祝英台，就像我和你，爱如此，心亦如此……我多么希望我就是那一只蝶，用尽我的一生去爱，爱我的文字，爱属于我的那个关于文字的梦想……”

记者：每个作家都有一个与文学结缘的契机，你当时是在什么情况下爱上文学并持之以恒坚持到现在的？

张亚：上小学的时候我就喜欢写作文，老师经常给我鼓励并把我的文章当成范本在班级传阅。真正意义上与文学结缘，是因为我三姑，她是一个乡村里的文学青年，我很喜欢她写的文字，细腻、深沉、直击内心。坚持文学创作到现在，我觉得一部分原因是三姑在经历社会现实的种种却依然坚持默默写作给我的精神力量，另一部分原因是我喜欢文学带给我的愉悦感与成就感。

记者：听说你小时候就很会写作文，当时是有什么秘诀吗？相比较其他作家而言，你少有年少轻狂与叛逆，属于懂事上进的“别人家的孩子”，有什么成长经验、感受可以分享？

张亚：以前写作文基础好，是因为我比较喜欢阅读，有每天阅读的好习惯，而且我心思比较细腻，喜欢观察生活，有很多创作灵感。

少有年少轻狂与叛逆，与我的家庭环境和社会环境有关。做“别人家的孩子”有时候也挺痛苦的，小时候不懂事没有在意这些，青春期时才发现它给我带来很多苦楚。很多熟悉我早期作品的读者都会发现，其实我内心是很挣扎很容易胡思乱想的一个人。因为“优秀”，很多你想做的事不能做，很多想说的话不能说，大多时候只能在内心压抑着，甚至在高中时，有一段时间我还得了焦虑及轻度抑郁症。现在回头去想，什么“少有年少轻狂与叛逆”及“懂事上进的‘别人家的孩子’”，于我而言并不是什么值得骄傲的事情，但也不能否定它的“价值”。因为青春期的苦楚，给了我很多的创作灵感，写了大量的诗歌、散文和小说，痛并快乐地成长，给我很多前行的力量，那是我美好人生的重要组成部分。

记者：你的大学专业是物流专业，当时为什么不学与文学相关的专业呢？后续还可以继续从事与文学相关的专业。

张亚：我高中时代就是县少年作家协会会员，在省级及以上报刊发表文章数篇。为什么大学去学物流？主要是两方面的考虑吧，一是我觉得文学与专业无关，无论我学什么专业，文学都成为我生活中的一部分了，我不想把它变成一种专业去学习；二是家里的条件不好，当时物流很火热，我想学这个专业后找个好工作，自己养活自己，不想让父母再为我操心。也的确如此，大学专业我学得不错，文学创作一点也没有落下且越来越多，还获得好多个文学奖项。

记者：在你的诗歌当中，“殇”字的出现率很高，诗中仿佛有一个倾诉爱意的意向，这些诗有没有什么故事可以给我们介绍一下。感情是否是影响创作的重要原因？

张亚：诗歌是我最喜欢的一种表达形式。在我眼里，诗歌是自由的、不受束缚的，你可以徜徉在诗歌的海洋里，用朦胧的言语去表达自己的情感。大学时代，我的创作多是阴郁的、迷茫的，和那时我的状态有很大的关系。从农村考上大学，在落后与先进之间、逃离与想念家乡、渴望自由与现实束缚、渴望金钱与现实残酷，还有感情上爱与被爱，快乐与悲伤之间……太多的矛盾出现，我的诗歌表达也就阴郁了。我觉得那段时光更像是破茧的过程，痛苦，却很快乐。它带来的是苦楚，却让我一次次破茧，逐渐成长为一个内心强大而快乐的人。乐观一点去讲，那是在打怪升级，过程不是那么顺利，但是当你达到一个制高点时，回头望，你会发现，你的路走得比很多人更踏实。

记者：你现在创业已经步上正轨，在创业初的那段艰难时期有没有想放弃文学呢？创业经常忙碌，你还在深夜写文字，在工作、生活之余坚持文学对你来说困难吗?

张亚：任何时候，我都没有想过放弃文学，即使在我创业最艰难的时期，偶尔也会去创作。其实，我不觉得创业时搞文学创作是一种坚持，它更像是一种表达、一种倾诉。文学不是目标也不是商品，于我而言就是一种习惯，习惯在忙碌之余用文字去表达自己的情感，那也是一件快乐的事。

记者：在文学、文字的陪伴下，你最大的收获是什么？下一步有没有什么关于文学创作方面的计划呢?

张亚：最大的收获就是，文学陪我一路成长，一路影响着我，促使我努力成为一个健康快乐上进的人，我觉得它可以陪我一生。

下一步文学创作是有计划的，我准备春节后出一本诗集，这本书稿汇集了我从大学到现在（正在创作）的部分诗歌作品。主要表达我作为新生代“闯海者”这些年从求学、到工作、到创业、到把三亚把海南当成第二家乡的心路历程，去反映这些年我的成长，也侧面反映三亚及海南这些年的变化。

记者：听说你在三亚开了一间书屋（南徽书屋），你是以什么初衷去创办这间书屋的呢？很多人都说三亚（乃至海南）是片文化沙漠，你是怎么看待这个问题的？

张亚：开书屋是我一直以来的想法，梦想着有一天创业挣到钱了，我就可以开一间书屋，在里面看书、创作，这点我做到了。

三亚（乃至海南）其实都有深厚的历史文化，只不过相对于其他地方而言，它的历史文化薄弱了一些。我觉得三亚（乃至海南）缺乏一些挖掘本土历史文化的人，且缺少一些政府的支持。大家都知道三亚（乃至海南）的发展重点基本都放在旅游业，对于文化产业的扶持力度不是很大，在考虑面包与精神生活层面，很多人选择面包，大家看到的文化氛围薄弱是在这里，并不仅仅是它原有层面的。

开书屋的同时，我也注册了一家文化公司，最近在推出“南徽文化IP口袋计划”，以海南地域文化、语言文化、民俗文化为文学创作基础，创作故事为IP，打造海南地域文化作品、语言文化作品，做一个以海南文化为基础的IP创作供应商。具体切入点有：海南各地方言，天涯海角、儋州苏轼文化遗址、古盐田、文昌孔庙，黎族、苗族古寨等。

记者：在《我的“极品”老妈》文中，“妈妈的眼泪有亏欠，老妈的眼泪也是一剂良药，至少治好了我的心结病”。从你的文字中可以看出你是一个很要强的人，是不是跟你的成长环境有关系？你认为谁是你成长过程中很重要的人？

张亚：因为小时候妈妈不在身边，到初中开始爸爸妈妈都出去打工了，我和弟弟跟着奶奶生活，所以从小养成了独立要强的性格。虽然在农村，但是我们一个大家族都是相处氛围很融洽的那种，在这样的环境下，其实我的性格是越来越开朗的，遇到困难时，我挂在嘴边最多的是“只要死不了，没什么大不了”。

三姑和妈妈是影响我比较多的人，贯穿着我每一个成长时期。其实，在不同的时期，都有一些深深影响到我的人，给我成长成熟的力量。他们在我明年出的诗集、散文集里，基本都会被提到，大家如果想了解，可以多多关注我的作品。

编者按：

每一个不曾起舞的日子，都是对生命的辜负。当悲伤能开出鲜花，当少年长成大人模样，一定是你在泥泞的路上没放弃奔跑。张亚虽出生于农村家庭，还是一个“留守儿童”，但他把童年的任性和少年的叛逆都压抑在心间，流淌在笔尖的点点滴滴已成为他成长的轨迹。

在《蝴蝶飞不过沧海》里，他写道“滑落不代表放弃，只是给无力一种释放的方式。累了，倦了，就让我去放纵一下吧，去低落，去颓废。就一会儿，一会儿就好，一会儿我还是我”。青春的蜕变给了张亚更多的创作灵感，在诗歌、散文和小说里痛并快乐着。

文学创作是张亚生活的养料，创业时期的迷茫、大学时的思乡、中学时的压抑，文学、文字陪伴的日子都给了他莫大的动力，一路向前闯。现在来看，那都是张亚人生中最美好的一部分。他爱文学很真诚，他每一次的真诚创作都将值得期待。

来源：《新华访谈网》中国90后作家专访系列第十一期
主持人：李将（《新华访谈网》执行主编、青年作家）
特约记者：邓铭瑶
采访嘉宾：张亚（90后作家）

第一辑

大学：青葱岁月

奔跑的青春

青春的路上，充满着诱惑、迷茫、荆棘、呐喊、彷徨
我们一路奔跑在青春的路上
哪怕是风风雨雨，坎坎坷坷
我们一样，抬起高昂的头颅，向前
奔跑，去寻找自己的方向
抬头的一片天空，不属于你，也不属于我
我们的天空，在那里，在不远的未来
就这样奔跑吧，向着梦想的方向
那里有片天空，属于我们自己，属于我们的人生
不长、不短、不正、不邪
用一颗真挚的信念之心，去奋斗，去拼搏
去追寻，青春里，我们最渴望的未来
青春不散，我们不停留
不能停留在，自我的欣赏里

青春的战场，披金戴甲，向前
杀出一片天，属于我们自己的天下
青春的歌曲，唱响我们奔跑的口号
一步一步，向前，奔跑
奔跑于，我们热血的青春岁月
永不停息……

夜行者

窗外的夜是如此的静
静得仿佛能听见天使的呼吸
屋内的夜却又如此的喧杂
到处是电机沉闷的声音
她抑或是他　世界的夜行者
开始他们忙碌而机械的运动　在这个小小杂乱的世界里
连夜都疲倦了
他们却在用生命忙碌　以便换取那廉价的生活费
生活费在哪里　在他们的血液里
在他们日夜的劳作里
没有欢喜　也没有悲哀　仅仅是为了生活
为了爱的人而活　为了生活而活
疲倦了 累了　就小憩一会儿吧

闭上眼　是生活　是生活
于是　咬咬牙　开始那日复一日不变的动作
本不是机器　可是　他们多希望自己是机器呀
于是无奈的生活中　他们不得不成为机器
他们是老板创造财富的机器
也是为那些所谓的富人　垫脚的社会底层机器
但是　他们不在乎
因为他们是　无奈社会里
仅仅为小小生活　苦苦挣扎的机器

那一片天空

清幽的音乐还环绕在我的耳边
心和书早已缠绵
昏暗的阳光从阳台上的百叶窗里跳了进来
风也紧跟着它进来玩耍
发梢微微地摆动
你轻轻地来
走进我的心里

其实我一直想知道
百年之前的今天
你是否也在这里

该走的　该留的　该放弃的

我的回答你应该懂得
你应该理解我的

那年的今天
你是否也像我一样坐在窗前
想念一个人
想念那片湖　那棵柳　那轮月　那个你
邂逅了　逃走了　丢失了　不明白的
或许那只是记忆
或许我不该去留恋百年前的记忆
……

风挪走了书页
记忆抽离百年前的相遇相知
那片天空下
泛黄的书页　昏暗的阳光　一颗心
现在　只有我　没有你
曾经遗失的美丽
迷离在花季

给我你的爱

其实我早已收到你的刺绣

雪莲花——圣洁的爱

我想给雪莲花一个微笑　更想给你一个拥抱

你一针一线的刺痛　给我你的爱

可是我却早已不能爱

我在想　花心里有没有住着一个精灵

让她掏出我的心肝

看看最深处到底有没有深藏我对你的爱

我没有鲜血　我不能回报你的爱

你给的幸福　我永远不能够体会

含苞待放的花儿

你能不能给我一颗心　一颗属于我自己的心

最起码能让我勇敢地去爱

给我你的爱

我却不能还你的爱

早已忘记的爱

心在你那里已经失去了爱

或许有时候　当心在你那里早已变成木乃伊

哪怕是你重新给的爱

也早已枯萎在我的心底

爱就爱了

不要总是说　爱情　不是东西
伤就伤了　也要潇洒面对这一切
过去的终究成为过去
眼泪早已风干　过往早已模糊
你还是你　我还是我
不用去讽刺　不用去触摸　那早已磨平的荆棘
早已泛黄的纸页
早已平淡的心　早已远去的
爱情
还记得　那天你骂道　他不是东西
但是你忘记了
曾经的你　也是那么深爱着
你爱爱情　但是你更爱自己
所以　过去的就过去了

爱就爱了

那就珍惜现在吧

看东方的太阳缓缓升起

迎接属于自己的每一天

葵之梦

四月　我种的君子兰开花
花香扑鼻
远望　院子周围尽是花开烂漫

花带花开　葵之梦
在这个花开无数的季节
有一朵花　格外显眼
她带来一场别致的心灵盛宴
给作者一个舞台
给读者一份期盼

花带花开　葵之梦
像君子兰一样恃才不骄
如葵一样阳光向上

葵带给的希望
让心灵自由翱翔
葵带给的梦想
在这个季节美丽绽放

你是否记得

如今　你是否记得
那些淡黄色的信笺上
承载着你我曾经的多少爱恋
爱　悄无声息
甜甜蜜蜜
如今　你是否记得
那些夹杂着草莓气息的糖果
承载着你我曾经的多少甜蜜
爱　无拘无束
缠缠绵绵

如今　你是否记得
那朦胧的月色
承载着你我曾经的多少誓言

爱　曾单纯着
你你我我

……

曾经的曾经都已成回不去的往事
如今的如今你在哪里
剥开胸膛
天知道
你依旧在我的心底

空壳灵魂

一次次地行走，在空灵的世界里
抬头是夜，低头亦是夜
抬头低头一刹那，你的眼神扫描过
这空灵世界的每一个角落
痴痴地看着，看着这暗夜里的每一段殇

用悲伤去寄托，一个灵魂
虚无缥缈的空间，时光在岁月里流淌
折杀了青春世界里，每一段感伤与苦楚
伸手去，想抓住时光，抓住那逝去的岁月
却发现伸手的那一瞬间，是谁的泪珠，沾湿了我的双眼
是谁的寂寞，闯入了我的空壳

每天，行尸走肉般，拖着疲惫的身体
行走在这个寂寞的空灵世界里，异域的悲伤
折翼的天使坠落，在渊底，空留这荒芜的背影
一天，一周，一月，一年，一个人的悲伤
在这渊底，日日夜夜，守着曾经的曾经
空壳灵魂，在一个人的世界里

空空的

不知道是怎样一种心情
空空的什么也没有
眼前只有灯光
却再也没有你的影子
耳边还有风
却再也没有你的声音
我依然喜欢在白天入睡
却再也梦不到你的容颜
不知道是你躲了我
还是我躲了你
反正
空空的什么也没有

留念花蕊

我躲在花的蓓蕾里

哭泣

泪　流在花蕊上

染红洁白稚嫩的花蕊

细胞饱和

破裂

我听见花开的声音

迎着朝阳

永远消失在你的面前

如果花儿可以挽留

如果可以不走

我可不可以永远躲在你怀里

直到永久

琉璃瓦

我在江南
在雨巷中穿梭
寻找曾经属于你我的记忆
那琉璃瓦告诉我的
这是一个多雨的季节
那是一个多情的雨巷
可是
这再也不是属于我们的故事

不知道从何时起
天　开始下起了蒙蒙细雨
我不敢撑伞
我怕
我怕撑起伞时　身边依然没有你的记忆

雨水滴在琉璃瓦上
滑落在我的脸颊
轻轻顺下　抚摸我的唇角
涩涩的
不知是雨水还是泪水
但我知道你一定在上面做过记号
不然我怎么会嗅到你的味道

你曾经对我说过
琉璃瓦刻着江南的记忆　我们的约定
可是现在身在江南的你
却忘记我们琉璃瓦下的食指约定
原来幸福会一时忘记
你我也只不过是曾经美丽

露

风起
亲吻着万物
也亲吻着晶莹的你
你用你的甘醇
亲吻风的心
风用你的汁液
消融我的心伤
然后升华
随它消失在
七彩的阳光下

暗夜风

暗夜有风

风是暗夜里流动的空气

夹杂着花的芳香

是你的风铃

在舞动

映在暗夜的血液里

没有距离的痛

数学课上
老师对我们说
两点之间的所有连线中　线段最短
而两点之间线段的长度
叫作这两点之间的距离
其实这些我都明白的
只是
我与你
两点之间
只是有　没有距离的痛

我突然想起了
你曾经给我说过的话
你说　你说

我们之间的爱没有距离
因为我们是用心灵相爱的
两颗爱的心灵　是永远没有距离的

可是　我想
也许是因为我们两颗心靠得太近
以至于没有了距离
这样
我们之间也便没有了连线或者线段

在爱窒息的那一刻
你没有忘记对我说　你还爱着我

然而
因为太爱
所以拿不起也放不下

毕竟距离产生美
而我与你　没有距离
只有心灵的爱

便只是一瞬

静默地走在空寂的草坪上
晚风轻轻地亲吻我的脸颊
淡雅悠扬的笛音
不时地在我耳边想起
淡淡的　柔和的　舒心的
就像是你的音乐　给我的感觉
可是
可是　在我蓦然回首间
却没有看到你那熟悉的身影
依旧　是空寂的草坪
依旧　没有你
依旧　只有我等待的心
其实我只是想再见你最后一面
即便只是一瞬
也是我今生最大的守候

扯淡

半夜起床　喝水　思考　偶尔挥动一下笔
大家都说我扯淡　扯着扭曲社会　扯着那些不公平
我知道我在扯　但是我在扯着自己的良心　向着光明
不停转动的大脑 一个个映入眼帘扭曲的事实
我不想沉默　我不想和你去辩解　说我不是在扯淡
我扯淡　向着太阳
即使拨开胸膛　那里依然有热血　依然有着光芒
写了一行又一行　删掉
思考　继续转动着笔尖
一笔一划　一个故事　一个见解　一颗心
黑夜　暗流　胸膛却是炽热的
笔尖却是急速的　写你写我
写着爱　用心爱　用笔　去奋斗　去斗争
去争取　本该有的光明
血丝　欢乐　纵使身前万人挡身后千夫指
心依旧　向着阳光　扯淡

城市的脚步

我躲在城市的角落，看来来往往的行人
城市的建筑物如春雨后的竹笋，快速生长
城市的边缘，行走着一群群
辛劳的人们
你看，他们在高耸的楼上爬行
像一只只筑巢的蜘蛛，不停地工作
一天又一天，没有明天
你看他们穿梭在来往的行人中
捡起一个个城市的瓶瓶罐罐
那些被我们丢弃，成为垃圾的东西
那是他们的宝，心中的宝
你看看，远处的小村落
那是他们自己搭建的帐篷，那是
他们的家
再往深处，地下室，桥底道

抑或是他们的家

我迈着脚步，以一个学生的姿态
走在城市，繁华的大街
你看那是商贸街，那是国际城，那是咖啡馆
在这个城市，来来往往的行人
享受着这城市的美好
办公室里的激情燃烧
小区内的繁花似锦
城市一天天扩大，欢笑一天天继续
繁华的依然繁华，光彩的依然光彩
他们随着城市的脚步
一路向前

在这个物欲横流，精神匮乏的城市里
享受的依然享受，苦痛的依然苦痛
城市的脚步太重
震碎了多少低者的梦
现实的世界里，城市与乡村
高者与低者
你与我，我与他
承受着城市一开始就给我们设定的轨道
偏离，是痛苦；不偏离，抑是痛苦

单人行旅

这是一场孤独的单人行旅
单车　双肩包　纸　笔　一颗执着的心
西藏
纯净的湛蓝天空　奔腾的朵朵白云
我用笔勾勒出你最动人的轮廓
放在心底　刻在心底
血色的夜幕就要降临了
无尽的天际
回头望　你留下的遗址
孤独的坟墓
你说过的　让爱吞下眼泪
带上爱的心
一个人完成两个人的藏南之旅
你说过的

你会借最纯净的蓝天看着我
走过每一段我们爱情的盟地
我躺在美丽的布达拉宫广场上
枕着你给的行囊
望着湛蓝的天空　朵朵白云
想着轮回　泪　留在整片大地

点绛唇

梦中容颜，
犹记相视朝与暮。
问情何处，
风雨亦同舟。

依依杨柳，
烈烈心中住。
西风后，
万世沧桑，
爱你依如故。

蝶

我喜欢蝶，喜欢她的清逸，喜欢她的柔弱，喜欢我喜欢她时的那种感觉。

蝶是有灵性的、有情感的动物，不然的话，我想梁山伯与祝英台也不会化蝶翩翩飞；不然的话，蝶也不会爱上令她欣喜一生的花儿；不然的话，我也不会爱上心底里一直珍藏的你。

蝶是那么的痴情，那么的单纯，那么的圣洁，就像梁山伯与祝英台，就像我和你，爱如此，心亦如此。

然而我觉得蝶又是一个谜，一个你无法琢磨，无法体会，无法破解的谜。

因为她是那么疯狂地迷恋她的花儿，就像是梁山伯那么疯狂地迷恋祝英台一样，生死相许，心心相印。或者说就像飞蛾那么疯狂地迷恋灯火一样，那种炽热是她一生的夙愿。而我愿为蝶、为蛾、为梁山伯，疯狂地迷恋梦中的你，爱，可以如此迷恋。

蝶有梦，梦想她心中的花儿；梁山伯有情，情钟于他挚爱的祝英台；我亦有情有梦，那便只是因为有梦中的你。

我曾听说过沧海蝴蝶的传说，蝶永远飞不出沧海，就像是一个奋斗的人永远飞不出命运与灵魂的束缚，但是她没有放弃，还是在努力地翩翩起舞。蝶用一生去翩翩起舞，纵然她飞不出沧海，纵然她可能要失败……但是我相信她是成功的，因为她用尽她的一生去爱，用尽她的一生去超越自我，去穿越无言，而最终留下一幕幕经典的蝶之舞……

我多么希望我就是那一只蝶，用尽我的一生去爱，爱我的文字，爱属于我的那个关于文字的梦想……

梦中

我幻化成一只蝶

在秋日的午后 夕阳西下

整个世界都是金黄色的

就像黄金散发的光芒

汪洋大海之中

有一只蝶

幻化出金色的蝶之舞

毒

蛇
在饥饿的时候会吃自己的同类
它很毒

蛇
在饥饿而无处觅食时也会消化自己的心脏
它很毒

某些人
是比蛇高级的动物
并自称是动物的主人
因此动物是他屠刀下的猎物

我却不那么认为

我只认为他是蛇的主人
是蛇的蛇人
因为蛇摧残了同类和自己的身体
而他却祸害了整个动物界以及它们的精神

或许蛇是可怕的
而他却是可恶可恨的

断情

岔开　断裂的情感蔓延
你我一样的心情
空灵精神的情与爱
抚平心灵的创伤
却看不到　暗夜里　断了的欲望

从此　各奔天涯
撕开一颗滚烫的心
里面刻满的全是　断了的情爱

方向感

不要说未来的一切
没有方向感
低下头颅
埋出一个天地

不要说感情的一切
没有方向感
掏出一颗心来
交给幸福

不要说生活的一切
没有方向感
拿出一份激情

活出自我风采

不要说这一切的一切
没有方向感
用心　用脑　用一腔热血
去追杀一切的一切　没有的方向感
心　向着远方
任他风风雨雨
我提着一个滚烫的心　去远航

分手之后

那天，我哭着对你说
我们分手吧
你却笑了
我知道，那是一种比撕裂更痛的感觉
只是我
我爱你，对不起

分手之后，我还是日夜惦记着你
想你每一分每一秒
那些说过的话，我依然记得
有时候，人就是这样
记起，只需要一秒钟的时间
而相忘，却要用尽一生的岁月

分手之后，我幻想着，你还在我身边
可是恍惚的一瞬间
刹那美丽之后，眼前
依然是虚无的空气，以及那
独留在风中伫立的我

我爱你，对不起
我拿不起，也放不下

服装加工厂

凌乱的厂房里
堆积着各种布料　针线　衣服　工人
到处是电机发出沉闷的声音
大家低着头　眼睛长在针线上
忙碌地做着自己的流水作业
以便多做出一件衣服来
这一件就是一毛钱　也是生活来源的一部分
头低下　腰弯下
布毛却飞了起来　弥漫在这低矮的空间里
它们不喜欢这冗杂的环境
它们喜欢
鼻孔里嘴巴里　更大的空间
那里有温暖　有它们喜欢的生存环境

累了　脖子痛了　腰也酸了
精神却又高涨起来
儿女的学费在脑子里　儿女的玩具也在脑子里
也许是那屋内的雨惊醒了头脑
雨　滴在额头　在胸脯　甚至在大腿上
笑容却依然在脸上
雨水　笑容　一幅人间最美的画

不知道从何时起
开始习惯了这眼前的一切
习惯了耳边沉闷的声音　习惯了布毛
在鼻孔或嘴巴里的蠕动
更习惯了一年四季的雨中生活
他们说　这就是生活
一年四季他们的手都在不停地　做着同样的动作
左手机器般翻转着衣角　右手不停地剪断连接线
可是那不是机器　那是一双廉价而伟大的手
那一双双手
是你衣衫上　最伟大的设计师

感觉（组诗）

感觉·罹殇

心渊荡起的，无名的悲伤
想停留在此刻，停留在，只有自我的世界里
停留在我，幻想的，你的世界
这个九月，我感觉到
罹殇，彷徨，迷茫，无助，还有
感觉的疼痛，感觉在心底的疼痛
空洞的渊底，是六月
我最漫长的行走
行走，遇见，过客，罹难
这只是感觉，仅仅是感觉
感觉就是一个人内心最深处，一块塌陷的天方
你来，进我的心里看看

哪里还有你找的天方

感觉·存在

是不是，存在，就是意味着活着
可是在你的世界里，我还是一个存在吗
梦想是不是一直是心底，一个
不敢超越的存在
我们戴上镣铐，戴上枷锁
感受着存在的痛楚
却欢笑着，那痛楚带给我们生命中
每一分每一秒，给予的快感
存在自我的认知世界里，我欢笑着
每一个生存的瞬间，带着梦想
向前走，行走在自己的
心房中，不会回头
就这样行走

感觉·勇敢的心

想起一种飞行，午夜的飞行

去寻找自己，那个丢失的世界
向前、向后、向左、向右
走过荆棘与沙漠
唱起离歌，去寻找
放纵自己的内心
流一滴泪，给过去，也给未来
更是给激情
跟着自己，一路向前
行走，奔跑，停歇，行走，奔跑，是我，是我
走在自己的世界里
寻找一颗梦想，一颗只属于自己的梦想
走在繁华的大街，处处霓虹
期待着灯光、华丽、欢呼与雀跃
抑或，我在等待，等待一颗
勇敢的心

感觉·午夜

暗夜，漆黑的世界，华丽的梦想，一直在
午夜里飞行
想揉揉眼睛，也揉揉梦想

一场华丽的运动

黑夜渊底的世界，尽是无尽的行走与奔跑

一路向北，向南

忆念中的，幻境里的，一切的

点点滴滴

思念着，黑夜，痛楚，无尽的来来往往

看过的故事，流过的泪，挥起的手，写下的字

感动过的自己，念想的罹镜

空释情感、激情

放纵的夜，走失的路口

牵手一个世界，放手一个世界

只是这夜，漫长

像是一个世界

缘起，缘落，唱起相守的歌

谁说的夜是一场无知的幻境，左右了你我

幻境本无，只是你

寂寞了世界，想念一个未来

这是谁的悲哀

希望在复习后，老师给出考试范围的那一刻，破灭
有人欢喜有人愁，似乎两个世界
小志说，这是谁的悲哀？

在大学的世界里，修炼自我，从清晰到迷茫
灰色行走，低空飞行，我看到
另一个自己

书写、熬夜，书写、熬夜，睡梦中
依然有青葱岁月里，笔酣墨饱
脱离一个世界，走进一个世界，奋斗青春

走过了大学，走过了泱泱四季
我打马，不顾一切向前走
再也不回头

混淆

或许　言说中的混淆
黑的　白的　你的　我的
让思绪在这森林里自由飞翔
在这个物欲横流的社会
男的　女的　死的　活的
善良的落魄　邪恶的冷漠
贫困的终归贫困　富贵的依旧富贵
金钱的天堂里
到处是混淆后的美丽
无论是行走还是停留
奋斗或是懈怠
一切都在混淆
混淆的血液里　流淌着紫黑色的汁液

寂寞

风把我的思念撕碎
散落在空气里的每个角落
每一个分子上都写着
我爱你

云把你的无情聚合
照在我的天空里
无数个暗夜里
我看不清你

风把有情的苦恼
把无情的困扰
然后偷笑了我一下
在暗夜里迅速逃掉
独留我
空守着寂寞

空白格

纵身飞跃　悬浮在充满阴霾的空中
碰撞的那一刻　脑颅里的世界　空白一片
你在海　抓住我的手　那是
我　整个世界
原来　死亡时　连呼吸都会疼痛
生还时　哪怕是一个碰触　都是一个天下
痛了　苦了　空白了
梦醒时分　手心的冷汗　我们
初遇时　你送我的　银色手链
梦终究是梦　现实还是现实　只是
我们的故事　没有开始
也就没有了结局　这是一场
看不见的　空白格

梦中梦

橘黄色的灯光下　案桌前
一个人　有吉他　有笔　有梦
还有梦中的你
跳动的音符
淡雅 舒心
恰似阳光亲吻脸颊的感觉
音符拿起笔
舞动她优美的身体
挥洒自如
在你的王国里
音乐在梦中响起
还有那舞动的笔
却恰似你的温柔
一个人　有吉他　有笔　有梦
还有梦中的你

迷茫的九月天

这个九月，我开始疯狂地迷恋一圈子人
就像抽烟上瘾的感觉，想戒掉却又时不时地去想
去想那些人，那些事，那些不为人知的一段段故事
故事的主角，有你，有我，也有他
疯狂的，暗淡的，离谱的，夸张的，激情的
你的，我的，他的，爱的，恨的，开心的，痛苦的
都在这个九月交织，像一张解不开的网
抽掉的烟，刻在骨子里的过往
很多次，都想结束这一切，正常的生活
像一个普通人一样生活，没有歧视，没有偷偷摸摸，
没有担心
更没有失魂落魄
把一个人，把一圈子人，刻在心底，刻在血液里
随血液流淌，生活在我的世界里
让一切的一切都烟消云散

可是，那只是我的想象
我迷恋的，是一种情
这个九月，我开始放纵自己，放纵自己的身体
我想放纵后，我的精神也就愉悦了
可是迷恋之后，更多的是瘾
喜欢上一种感觉，就像是梦境
躺在梦里的人，即使是放纵也是美好的
那种美好，是一种瘾，一种迷失自我的瘾
就让它过去吧，做回真的自己，去寻求真爱
去做一个勇敢的自己
放纵的瘾，只会毁灭一种精神，毁灭一个人
而真爱，才是一剂良药
一个，永恒追求的动力

迷途

痛在精神的世界里

高潮来临的前一刻

迷途

无耻者是痛在迷途前一刻 狰狞的笑意

剧痛

糜烂腐化的生活

纸醉金迷

精神在混淆的世界里迷途

迷途

孤独者的精神世界里

毁灭一个精神　成就一种快感

却摧残一个世界

你不是天使，却胜似天使

金秋十月，有一些期盼，期盼着
一个希望的到来
当希望来临的时刻，你看看
那一个个笑容，多像
一朵朵娇艳的花朵儿
都只是为你绽放，绽放在
以后的每一个时刻

希望一天天成长，笑容一天天绽放
像期盼一个天使的成长
而今，又一个金秋，多了一份
期盼与忧虑，但更多的是期盼
期盼一种快乐的健康成长

宝贝儿，快些长大
成为我们的骄傲
也成为你自己的骄傲

也许，这世界上，本没有
天使
更或许
你不是天使，但你却胜似天使
你承载的是满满的爱，那是他们的
全部世界

殇

是否是　那一望无际的暗涌
你懂得
紫色的曼陀罗也学会了忧郁
是否是　有花不见叶，叶生不见花，花叶生生相错
时　你理解
彼岸花　心也在抽泣
是否是　在你心底的心底
也会为那逝去的美丽而心碎

有没有一种方法　能让你再次回首
回首那回不去的过去
有没有一种解药　能让我再次忘记
忘记那轮回般的分分合合
有没有一个地方　能让我独自去流浪

流浪在你眼眸的深处　藏在我的心底

我想　也许时间会忘记

也许它本身就是一场闹剧

但是　在我的心底　刻满的却依然是你

我是二哥

二哥困扰的那一年，其实是我
把自己圈在自己世界里的一年
我给自己画了一个圈
躲在自己的世界里

当我乐于接受二哥时
却发现，原来二哥，也有可能是另一个
独特的象征，是我，朋友眼中的那个我
仅此而已

于是我想，人，不能总活在自己画给自己的
圆圈里
走出来，去看看圆圈里真实的自己
或许，你才会找到自己真正的快乐与价值

坐在流年的尽头细数往昔

或许曾经　只是曾经
流年易逝　繁华落尽
是那些折起纸飞机的少年时代
也是你给的天长
时光长出坚硬的翅膀
带着往昔　爱的时光
飞翔
或许温暖　或许浪漫　亦或许
无奈
只是我们都飞不出　时光流年的海洋
我们都是沧海一粟
努力寻找一个属于自己的方向
心却躺在流年里
忆那往事如烟

流年　是谁说的　那是你　永远永远
给不了的天长与地久
我们却依然坐在流年的尽头
看花开花落　云卷云舒
花开无声花落亦无声
云卷无意云舒亦无意
往昔　往昔在流年的那头
长眠　长眠于记忆的渊底
记忆涌起一团团水涡
是时光灰色了记忆
迷糊了双眼
尽是流年　一个个　一批批
擦肩而过
我妄想　有一天
我真正地坦然面对　往事一幕幕
坐在流年的尽头细数往昔

第二辑

工作：越努力越幸运

我不知道写些什么

总是失眠，在黑夜中醒来，拿起笔
却不知道自己究竟要干些什么
这个7月，总是那么忙忙碌碌
每天也在嘻嘻哈哈，欢笑着
却痛苦着，内心
总有一种莫名的忧伤，是你给的情殇
日记，往事，照片
你，我
总有一些记忆是刻在心上的，总有一些人
是永远抹不去的
故事里有故事里的过往，我却在过往里
一次次失去自我
想让身体沉淀，就那么沉淀下去
沉沉的，一直下去

我爱这夜色，只想静静地爱
没有涟漪，没有麻木
更没有冷漠
只是，爱，归去终究归去
失眠之后，是沉睡
是沉睡
我不知道自己在干些什么，更不知道
自己写些什么
我还是我，我还在乎
我还仰望着那属于我的幸福

突然好想家

夜，一点点地深入
我喝着一杯又一杯的冰水，唱着一遍又一遍的
故乡的那支歌
在纸上勾勒着我的心，一颗鲜红的心
有老家那倾倒未修复的围墙
有那一直没来得及安装门的厨房
还有那春天里散发着清香的洋槐花的香椿
奶奶做的野菜包子还有吗？那些包子
好多年都没有吃到了吧
书架一角还有老妈　临来时给我炒的芝麻盐
我一直省着吃，省着这家乡的味道
还有
妈妈的味道，在心底

请原谅我那么自私

请原谅我，不能接受你的建议，还请你
拿回你的金钱与尊严
我很自私，我自私地去写，只属于我一个人的
文字
我知道，你有你的，钱权世界，但是
请尊重我，我也有属于我自己的
原则，还有属于我自己的世界
作为这些年来，一直保持良好的朋友
我还是要说声抱歉，我知道
曾经的诺言，我没有做到的帮助
但，请不要怀疑我们之间那仅存的信任
友谊终归友谊，利益终归利益，原则还是原则
请不要爆粗口，吐脏了
我们那么多年，好不容易，珍藏的友谊

或许，是你眼中的过往
请不要践踏我的原则与那曾经，所谓的
真挚的友谊
我，累了，不想争执或者去辩解
如果，如果，我的原则不值得你尊重
而你不去利用，我们所谓的友谊
我无话可说，我不去怀疑，不去辩解
我的朋友，不需要强迫
我知道，我很自私，自私地坚持我的底线与原则
哪怕是断了，走了，别了
我只知道，真正的友谊都不会去
践踏对方的原则
最后，请原谅我那么自私

逃离

我，会异常的孤独
心灵，抽空一般
却又一次次沉迷于虚拟世界
你说，我在逃离，逃离一个现实中的，我
逃离一个世界，一个真实，一个你
迷失般地行走，在这空洞寂寞的世界里
行尸走肉般，去迷恋一段情
以及，无数的类似
让汗流尽
让精神摩擦
有火花、泪花
逃走，去一个人疯狂，丢失一个人性
我在哪里，在哪里
无底的欲望深渊里
腐蚀

姑娘，你有一张文艺范儿的脸

海天相连的时候
你悄然走过

释然微笑
淡淡的温柔和忧伤

一个人的天涯与海角
北纬18°夏色正好

在海之南
遇见便是缘

海与天空的颜色
藏在心底

姑娘
你有一张文艺范儿的脸

无法释怀

过去了那么久，经历了那么多
我以为我可以忘记，那属于你我的记忆
可是我错了，有些记忆
真的就像是胸口刺青，是永远的
记号
越想抹去的记忆，却总是
更深地扎根在心底，然后蔓延
原来，总有一些东西
在一个人的世界里，伫立，永远
任你去逃避，终究是你回忆里的现实
现实终归现实，梦终究还是梦
你还是你，我还是我，只是我不想再去说
那些，物是人是，而心非
无法释怀，那就用心铭记吧

铭记着我一直深深爱你，铭记着
我们许下的每一个诺言
以及那天你说的再见
不是再见，是你消失在我的视野里
再也不见
但你永远不知道
有些东西，我每天都再见，关于你的回忆
曾经的点点滴滴
逃不了的回忆，那就记着吧
就像小志说的那样子
有时候，铭记是最好的一种遗忘方式
铭记了，也就真的忘记了

亵渎

物欲横流的现实世界里
很多的时候　人们都学会　欺骗
那本属于真挚的东西
那曾经的神圣　早已埋葬在心渊
把心灵匿藏　让肉体放纵　在灯红酒绿之中
放纵　迷失
昏昏沉沉的时候　总会莫名地想起
梦里曾经的自己　坚定的眼神　却迅速消失在
现实的时间流
终究还是一路成长
在精神与精神的摩擦中
兴奋　激烈
总以为这就是所谓的成长

一次次远离真实的自己　一点点麻木
总是在迷离的时候
醉梦中才会想起　那曾经的一切
却无法改变现在的自己
或许现实终究是现实
一次次地清醒　一次次地迷失　更多的是亵渎的灵魂
反反复复　终究改变不了自己　改变不了现实
这就是现实

心底那抹殇

点了一支又一支烟，想起一段又一段过往
心底的那抹殇，是流淌在血液里的物质
是我永远抹不去的印记
总觉得那没有相知没有相恋的疯狂
没人会想起，那时候的你
只是心还是抽搐了一下
想起血液融合的那一刻
你流着泪的眼神
说好的互相忘记，你却背着我
一个人流泪，只是你没有看到的
我一路上忆起你，流着血液里的泪

我感觉到那些逝去的美好

只是有些过往，这辈子
注定只能当回忆
只是有些人，这辈子
注定只能当过往
尽管会流泪，尽管会为之流一生的泪
烟灭的时候，我开始学着麻痹自己
让自己沉下去，沉下去
就像午夜的飞行

该结束的始终要结束
该来的还是来了
只是，遇到你，无论结局如何
无论伤痛与美好
那都是，我一生最美好的时刻

心墙

我蹲在被时光遗忘的角落
抱腿　蜷缩　思念
穿越里的古都与城墙
凝望你千年前送我的银杏叶
失忆　忘记了你的情长
梦中的狂奔
刀　剑　情　殇
我躲在无人的枫林深处
听风　听雨　听你在天堂的声音
一千年前的古都
城墙　西湖　念心　情长
我挥刀
砍不倒的心墙　回不去的过往
更是再也穿越不了的情殇

一千年前

倒在战场的情郎

念心　念心　念情长

穿肠的情丝　我做成琴弦

唱一曲古代君王长叹

念一段回不去的过往

永远推不倒的心墙　夜夜情长

行走

拨开胸膛让我行走在你的心里

让我们一起漂流　一起走过你我的泱泱四季

请你不要赶我走

我答应你　我会一直把你刻在我的心里

给我一双你的手

我们一起去西双版纳看原始森林

登上山顶　看云卷云舒好不好

你给我一双手　我们一起飞翔　看飞鸟好不好

给森林也安个翅膀　给湖泊梳个麻花辫子

给大山穿个裙子

你说好不好

或者我们一起去三亚湾游泳

用沙子建个城堡　用椰子树叶做泳装

你说好不好

我们去海里　找鲨鱼做朋友　给海藻找个伴

只要你开心　怎样都行

其实　我只想请你拨开胸膛让我行走在你的心里

给我一个拥抱好不好

我带你一起去看日出　你不是喜欢日出吗

我摘一朵云朵给你好不好

咱们一块摘星星　看谁摘得多

你给太阳制一件衣裳　弄个裙子　我再画幅画送给它

你说这样到底好不好　给我一个回答好不好

我只想让你跟我一起走

你说好不好

也许开始就是一个错误

也许，我们的开始，本身就是一个，错误
我们来自不同的世界，不同的天地
我以为，我可以，用我的爱去融化你那冷漠的心
也能抚慰你曾经受伤的心灵
爱与不爱，真心的爱
冷漠终归冷漠，你依然在你的世界里
经历形形色色的人，体会那个世界里
别人永远无法揣摩与忍受的
赤裸
我不懂，那种世界，我不想，你一直活在那个世界
可是，终究是过去式了
我不是你，谁的谁
所谓的誓言，所谓的承诺，所谓的困难一起面对
终究是烟消云散

你终究是丢了我，在你的世界之外
什么，你若不离我便不弃
什么，哥哥，这条路很艰难，我们一起走
只是路刚开始，我便是这路外之人
不想去埋怨什么，不想去说什么谁对谁错
付出了，真心了
爱情，不需要缅怀，不需要祭奠
很多个时候，我都会想，你是否过得好
想想欢笑，想想陌路，想想这一切的一切
不知道说什么好
只希望你，像当初对我的承诺一样
离开，那本不属于你的世界
没有什么大不了

夜半袭来

夜半的时候
久久不能入睡
望窗外　鸦黑一片
却有一双眸
清澈　明亮　寻找
相视　微笑　依恋
然后离开
梦醒后的脸颊
湿湿的
是你永远给不了的未来

夜殇

霓虹灯在城市里，守着这夜的明朗
却给了这夜无限的寂寞
夜总是这样撕裂着，霓虹灯的光芒
撕裂着一个个夜行者的精神轴
给精神重重一鞭
鞭笞者夜行者的寂寞
一鞭又一鞭，一天又一天
脊骨上的殇，是这夜给予的殇
夜殇的情，是撕裂的疼痛感
还有那本有的情感摩擦的快感
感觉与感觉之间，碰撞出火花
是痛并快乐着的空虚与寂寞
是骨子里的东西，流淌在血液里的本质
本质有时候是一个人，最空无虚幻的东西

就像人的感情，没有本质的对与错
男的、女的、同性的、异性的、无性的
都在这个夜里，飞行
寂寞与寂寞的交织，空虚与空虚的碰撞
之后是撕裂的快感与殇

夜夜夜

用心，去抚摸这黑夜
我无法控制自己对夜的遐想，就像是无法控制
对你的欲望

尽享这寂静的空间
我掏出心，书写，那些曾经的过往
该走的终究没留下，该留下的从未曾离开
我不懂你，更不懂这夜色下淡淡的忧伤
我不装，更不想去讨骂
我只是想了，想了这夜色，以及你
哪怕只是远观
是自然，是自然
用心去融合，这夜

我只是做一个游戏，这游戏
有你、有我、有夜色、有文字
做一个梦，一个漫长的夜
我的心，我的文字
我爱这夜，更爱这夜下的文字
只属于我的文字盛宴

阴天

天亮了

心却暗了

你明白了

我却要放弃了

不想让心哭泣

不想让你看见我伤心的眼泪

但外面依旧阴着天

我仿佛看见云在流泪

天知道

那是我的心在抽搐

为你流整夜的泪

有一种情，只属于你我

——写给SYX，祝你生日快乐

午夜的钟声敲响，我提起笔，书写，那只属于我们的别样友情
我永远记得我们最初荒诞的结识，那与众不同的故事
那天大雨下的畅谈，一个真实的坦白
关于我，关于那些不该存在却无法忘怀的往事
只是没有了结局，因为从来就没有开始
不是结果的结果，尴尬成了陌路的源头我知道
我释怀不了，或许永远，因为陌路
人就是这样，总要成长，总要经历一些事情之后
才明白
原来有一种情，仅属于友情
原来有一种情，只属于你我
一点点长大，一点点释怀，一点点成为闺蜜

一点点回不了的过去，哪怕只是一种可能
畅谈，欢笑，只是内心，我永远不懂自己的感受
总是聊不完的话题，别人永远学不会
从政、文学、未来、还有性
有一天你会懂，默默这个词不仅仅属于通话
那一天都会明白，蝴蝶飞不出沧海
蝴蝶飞不出沧海，我永远写不完的故事与精彩
人生从来不需要彩排
我道不出那些过往与未来的故事
更描绘不出，那些是否只是属于友谊的未来
你不明白，是因为我更是不明白
这才是最真实的感受，没有阴霾
有些故事的精彩
总是在不经意的未来，绽放
新生来了，长大了，愿懂爱，愿爱
友谊，第一次生日，无论现实与未来
心里只有真心，祝福着友情
愿有爱，找到真爱，我们可以是闺蜜
还可以畅谈任何一个话题，当未来的未来
我们都能自豪地说
有一种情，只属于你我，能懂

在江南

我在江南　躺在你的心里
感受你体内血液的流动　看那些刻满爱的内壁
那里有小桥流水　有荷塘　有稻田　当然
还有你和我
我抚摸你那柔和的心
刻满的全是回忆
荷塘的拱桥上　我背着你　却被你拧着耳朵嬉戏
稻田里　你追逐我　最终追上了
却咬了一下我的脸颊
草地上你趴在我的腿上酣酣地大睡
却一直抓着我的衣角
给我你的依靠　给我你的拥抱　你问我的
你说好不好
你来看看　来江南　来我的心里

是不是没有同样的场景

不　不一定

你看看　看看我的心里　是不是依然唯一爱着你

管他是在江南　还是在异地

只要有你 足矣

你永远　刻在　我的　心里

流淌在我生生世世唯有你的生命里

早就装满了你

深夜　我独自坐在窗前
清凉的风轻轻地亲吻我的脸颊
窗外　星光灿烂
窗前　有梦　都是你
思绪堆满了整张纸
文字也为你让路
然后溢出
流淌在我的胸膛上
渗透在我的心底
才发现
原来心底　早就装满了你

给我一个梦

忘记了从什么时候开始
我在你的背后偷偷描绘
一个背影
像一个天使
开始做梦
梦中的主角　欢笑的　有眼泪的
都是你
可是梦醒了　梦碎了
我想拾起一些梦中的碎片
借马良的神笔
画一个你　一个我　一个梦　一个未来
可是我不知道梦中的你是谁
我在自己的世界里　寻找
马良的神笔

灼灼夏日

太阳一直在我的头顶偷笑
整个世界
像是一个大蒸笼
闷得让人窒息
周围的一切
包括那稀薄的空气
仿佛都凝固了
似乎一切都失去了生机

不
不是的
你听
……

还有蝈蝈在唱歌
声音优美响亮
在这烈日下
显得格外清晰
仿佛是在世界的每一个角落里
都荡漾着它那清脆的歌儿
……

如果把此景此情
画成一幅画
那定是一个奇迹
然而
本没有假设
只有那清脆的歌儿
荡漾在那世界的每一个角落
永不停息

或者说
它本身就是一个奇迹
夏日的绝唱

夜深人静的时候

总喜欢在夜里发呆，脑子放空一切
想起很多过往
那些无人的夜晚，一本书可以看一夜的年代
我不是活在过去的人
却始终想起以前的一些人一些事
没有悲伤，抑或不知道那是不是一种想念
还是说，我开始厌倦了现在的生活

同事的前同事告诉同事说　我写作很厉害
我笑而不语
离开官网后我很少写文章，哪怕是新闻类稿件
安静了，清闲了，我不知道这种生活是好或者是坏
我看着墙壁发呆，却久久写不出自己的文字
哪怕是幼稚、简单的，文字

奇怪的是，发呆了，夜深了，想着想着
一点点，开始，动起笔来
写一些零散的文字，来填充我那无处安放的心

翻书，看到自己几年前写的一首诗歌《欲望》
然后发现自己失忆了
这是什么时候写的
写的又是什么，我不知道
放空吧，就放空吧

《欲望》
谁说劈开双腿就是欲望
张开的嘴，一个眼神，甚至一丝念想
都可以称之为欲望
我躺在自己的思维里，去想象，一个完美的自己
然后挑逗心上人，一点一滴，一个快乐一个忧伤
有时候，我会不敢直视，看你双眸里那深邃的东西
一点点，刻在我的心底，挥之不去
那一刻的温柔似水，那一世的牵肠挂肚
谁会不解谁的风情，谁又记得谁的倾世面容
我在思维里挣扎，想去海边，去看看大海
然后华丽地融入大海，就像那一刻我融入你一样

花有花的世界，我有我的天堂，我的天堂里
里里外外，刻满的都是你
一巴掌的欲望，一句滚远，一刀两断
是欲望开始了该开始的，也是欲望结束了该结束的

左边记忆

很多的时候我都会想起
想起那些关于左边的点点滴滴
那些花儿不曾败落
那些单车依旧记得
那些风儿还会想起
那些气息那么熟悉
……
是否在N年后
你依然会回忆起
那些关于
左边的幸福左边的记忆
有你有我还有他和她
……

也许我们都不曾记起

更不曾忘记

只是时间忘记了回忆

却刻在了心里

谁殇了年华

熄灭了家里所有的灯
一个人躲在角落，看着这眼前的黑暗
头脑是空白的，里外的世界是清净的
没有殇怀，没有痛苦，放空自己

总是徘徊于两面的社会，在两面的心底行走
有的感情，面对，我需要勇气
不需要责备，不需要埋怨
我依然是我，只是这个我，有了你的衬托
倔强的人都有一个死撑的通病
我是平凡的倔强人，逃不出那个所谓的性格黑洞
也就学会了倔强后一个人去清理那片殇

看似完美的感情，最终还是散场
看似不懂的人，却一直默默付出

总在你意想不到里，所有的事情向你涌来
来的终究还是来了，走的我留也没留住
朋友说多体谅，会好的
只是你有没有看到微笑背后的殇?

走一路，空一路，凌乱得不知道该向左向右
向左会如何？向右又能怎么样?
想想，还是向前走

有些人会变，有些情感更会变
想象的美好，抓空的现实，终究会告诉我们一切
不可一世的我们，都不肯让步
我不懂我，不懂让步会如何？顺走又会怎样?
勉强的太多，便迷失了自我

总想有一条明朗的路可以一起走，却发现路上迷茫的
你我已不是出发时的模样
更加的迷茫，该怎么收这场，去填补那殇

有时候真想一直这样，在黑暗里，用黑暗面对黑暗
放空自己
什么都可以不去想
让头脑一点点下沉，就这样，下沉，放空
……

花田半亩，万物美好，我在中央

我多想，在一个结了冰花的晨早，醒在你的梦里。
我们都是，留恋人间的天使。
万物美好，我在中央。
——田维

爱上田维的文字，是六年前开始的
看了一遍遍的花田半亩，一次次的宁静
总会在这样孤独的深夜里给我安慰，走过一个个春夏秋冬

一杯茶，一本书，一个安静的夜晚
第N次走近你，一个安静的田维

生命远去，留下花田半亩
感动无数行走在内心边缘孤独的我们

渴望生活，享受于生活
一花一草一树木，都会在心底静静地绽放
就像莲，亦是一种情怀，生命的绵延

行走在生命边缘，看事物似乎有一种超然物外的感觉
理想与现实，微笑与眼泪，生与死
……
在自我面前，亦是边缘

许久未看书，在这里，我看到一个曾经安静的自己
那是一个无忧无虑的学生时代
而如今，在现实生活中，渐渐不再阅读，却也失去了
那种温柔

沏一杯茶，在花田半亩看田维曾经流年，安静地想起
那些年的过往
渐渐地，心静了，渐渐地，我找回了久违了的感觉
夜深了，人静了，听一首歌，开始新的生活

旅行的意义

有人说，要么读书要么旅行
身体和心灵总要有一个在路上
当身体和心灵一起行走
这场旅行变成了对生活的救赎
对生命的思考

我与我对话
在每一个生活的点滴
于是，所有的心的旅程，成了旅行
远离、释放、回归
旅行，是自我的一种修行
任何一个人的旅行复制都不是另一个人的旅行

旅游一圈回来，我开始旅行

旅途的风景很美

文艺的、暴走的、零散的

……

在路上旅游，是一种欢乐

欢乐的归途是旅行。

跳出自我，去寻找另一个真我

看回归路上已知、未知的风景，在路的另一端，看见光，会微笑

一个我，另一个我

我与我之间有一种快乐，叫遗失的美好

抛开曾经的曾经，另眼相看曾经的自己

欢乐、痛苦、遗失

……

夜深了，人静了

是不是又可以开始一场旅行？

写不出诗歌的少年

夜，不停地在旋转
我在寻找一个写诗的少年
极速地书写，却渐行渐远
午夜的灵感消失
抱着电脑看剧、吃零食、看书
没有灵魂的生活
写着灵魂的诗歌，撕扯，奔走，遗忘
一杯杯咖啡
一次次失落
写不出诗歌的少年
睡醒后，写了一首诗
送给你，曾经迷茫的少年

双子座的我

从来没有星座概念的我，最近
格外关注自己的星座
双子座
它代表了善变、沟通

在被朋友吐槽一番后
八字不合生效了，于是我们渐渐成了陌路
许久，我提及此事
容易敏感、圆滑又成了代名词

我是一个习惯晚睡的人，无其他不良嗜好
更不喜欢无端猜想
喜欢便去关注，不喜欢随他而去
更不承想，会在星座问题上引起

一些所谓的不爽

到底是星座影响了我们？

还是我们影响了星座？

虞美人

潇潇秋雨情肠断，
日夜思成线。
心湖渊底起狂澜，
地老天荒梦里你容颜。

步入情海无止境，
呼唤孤风应。
此情无计可消除，
但愿生相许也死相株。

纵使苍老　爱依旧

三月　江南水乡
天阴着脸　仿佛又要下起江南那柔情的雨
人们加快了行走的脚步
林荫小道上显得空荡荡的
唯独那位行动不便的老奶奶还在那里慢慢地走着
似乎又在等待着什么
这时天开始下起了缠绵的蒙蒙细雨
我本想前去给老奶奶撑把雨伞
可终究又止住了步伐

一位老爷爷匆匆地走到老奶奶身边
为他撑起那把大伞
又从兜里掏出手帕来为老奶奶擦拭脸上的雨水
他似乎说了些什么

老奶奶笑了
轻轻地在他身上拍了一下
两个人手握一把伞静静地走了
他们不时地说笑
消失在这缠绵的江南春雨之中

我在想
这不是爱的最高境界吗
当我们都老时　如果可以
一样可以为对方擦拭脸上的雨水
一样可以调皮地拍你一下
或者　一样可以两个人手握一把伞　年轻一样说笑
给我一个承诺　给我一个拥抱
今生足矣

或许时间终究会使相爱的人们白发苍苍
亦或者行动不便
但爱若在
纵使沧海桑田
爱的心年轻依旧　或许　这就是真爱

越努力越幸运

很多的时候，我都在思考
工作与生命的价值
一杯杯咖啡，填满一个个午夜

揉成团的作品散落一地，我开始怀疑
生存的价值
恍惚间，我看来远方的自己，执笔
书写我平凡而又平凡的工作与生活

没有大悲大喜，亦没有大起大落
安德斯•艾利克森告诉我，刻意练习
是一种强大的终身学习，在人生发展的这条路
我是一个笨拙的人，从新手到大师

还有一条漫长的路，而我相信

天才来自刻意练习，越努力越幸运

我的未来，从踏入社会开始

第三辑

创业：要抬头先埋头

磨不圆的我

我知道
我的故事平缓
没有你想要的励志

前行是我
停滞是我
后退是我

我知道
我的棱角太多
刺痛了很多人

创业，是一种修行

刚开始的时候
公司很小，员工有情绪问题
我都会慢慢去处理
一个个解决问题

后来公司大了
员工有小情绪问题
并没有时间去处理

于是，我成了别人眼里的冷血动物

工作出现重复错误问题的时候
偶尔我会生气，但不敢发火
因为我一发火，就成了

爆炸型人物

朋友说，创业是一种修行
而我还未迈入大门

王

黑暗中
你坚持你的坚持
我拥有我的拥有
虽然白色的 你不再拥有
但是
梦想的 我依然坚持
你说
我是你的王国
而我却想说
你是我
唯一的坚持
当然还有
我的王冠 我的心
纯洁的心灵
此生
只为你跳动

我就是我

我喜欢夜半的时候　起床　写作
用笔去鞭笞　那些黑心的
去争取我们的权力
鞭笞黑暗　暴力　坑害　欺骗　虚伪
像真正的热血男人一样　奔向光明
去拼搏　去鸣不平
我写我的文字　为良心
不要拿你的大道理来教训我
不要用你的思维来敷衍我
我记得我最初的梦想　记得自己的良心
你伪善的面孔　善变的心
不要蹭到我的地盘　脏了我的文字
你有你的权力与金钱　我有我的梦想与文字
我写我的文字　揭开你邪恶的面孔

妄想用你的权和钱　遮我一片蓝天

我拿出武器　用笔　书写属于自己的文字　不屈

依然写出一个真实的你

因为我就是我

望江南

多少情 多少恨
多少烟雨楼台　多少车水马龙
……
一切都显得那么美好
她
却把爱凝固在你我的世界里
消失了一切

魂是你　梦是你
我也曾记得上苑里的风花雪月
也曾记得你的面容
……
只是

曾经的曾经
都已成回不去的往事
现在的现在
一切都已变得如此空洞

心
碎了一地
我的世界也从此消失了一切
永久地凝固
最终
铸成我心里爱痛的底片

呐喊

我想说
其实我一直都在坚强地笑着

听　那些梦中的欢声笑语
看　那些花儿笑裂了嘴
写　那些明媚的快乐与忧伤

怦怦怦……
你听　那是我的心跳
很坚定很执着
怦怦怦……

我想说

那并不是你说的心殇
只知道
心底一直珍藏着坚强
坚韧不拔的心跳
是一盏不可磨灭的灯

我不知道该如何表达
如何表达那
内心的高涨
那是坚信的一颗心
和那永恒的不变

我没有受伤
只是在风雨中学会了坚强
我没有流浪
只是习惯了一个人奋斗的感觉
我没有放弃
只是它一直刻在我的心底

蝴蝶飞不过沧海

忘记了是第几次做梦　挣扎着那梦中的蝶

拼命煽动的翅膀　一望无际浩瀚的沧海

梦中我　用尽全部的力气飞翔　却仍然是悬浮在无尽的半空中　沧海之上

那种无力的痛　就像性无力那样　有种想说却说不出来的感觉

什么时候下起了雨　什么时候连翅膀都会湿掉

可是　这是沧海　我没有理由下落

还是用尽全部力气　扇动翅膀　让雨滴滑落　在沧海

继续向前飞翔　即使无力　你不理解一种飞翔

就像你不理解一个性无力的性坚持

只是　很现实　这世界上　没有一个叫完全坚持的东西

还是累了　倦了　想停一停飞翔　就这样在沧海上一点点下落滑翔

我不了解自己的感受　就像我永远不了解一只沧海之蝶的　飞翔

滑落不代表放弃　只是给无力一种释放的方式

累了　倦了　就让我去放纵一下吧　去低落　去颓废

就一会儿　一会儿就好　一会儿　我还是我

不要说我不懂飞翔　不要数落我的堕落　我只是想换种方式　飞翔

我知道　蝴蝶飞不过沧海

我不想一辈子那样拼命地机器一样飞翔　即使无力了还要那样所谓的

坚持　坚持　坚持

我想有一刻　我可以下落　享受一下释放的快乐　感受一下

死亡的临近　死亡的时刻

那一刻我只想　下落　下落　下落

换一种方式去坚持　也许我才会　更好地飞翔

临近海水　蝶再次扇动着翅膀　那一刻还有力　是生命力

原来　那才是生命力

蝶再次飞翔　迎接着初升的太阳　那是梦想的力量

那一刻梦醒了　枕边湿湿的　我想那应该也是

梦想的力量

伪装的誓言

曾几何时　你说过
我们是两条紧密相连的线
相濡以沫　携手共进
看那美好的未来　你我的世界
可是　心碎的时候
我才发现
原来　那是伪装的誓言
我想我们是曾经线段　现在变成射线
各自奔向不同的方向
渐行渐远
摩擦的瞬间　定格在无止境的回忆之中
归于陌生　归于尘世
那些曾经的曾经
也只是　我记忆里最会伪装的誓言

我的悲伤

我驻足在拥挤的人海，看人来人往
不知道何去何从
放空
鲜艳的外表下，是一场场
无名的暗殇
其实不乐意，不愿意改变
做回从前的自己
写我的文字，拍我的照片，走我的路
我一次次改变自己，却发现
越来越远
我逃离，那片属于自己的天空
原来，是那么多的悲欢离合
那么多的尔虞我诈
而我，一步步向前走，却又一次次回头望

远去的永远是刻骨的

我，在一个角落，在这个

不眠之夜

说着自己的那些年华与时光

韶华易逝，青春难留

青春的世界里我看到了那些

骨子里坚持的东西

在一天天远去，一天天从我的世界里模糊

甚至消失

我说着我自己，一点一滴

无法回头

一路一程一直在奔跑
穿过无忧的童年、快乐的少年，行走在迷茫的青春
路过你、她、他、它
这段路很远
我就像是一个贪心的小猴
见了桃子丢了玉米，见了西瓜又丢了桃子
在我亦在最美的时光里
丢失了你，丢失那份真挚
这个世界，没有安排一条
回头的路
我一路走来，磨掉了棱角
像一个圆球，向着未来
带着污浊
一路向前，无法回头

心灵方程解

我觉得　一直以来

你　我　在心中都有一个未知的未来

相信了　没有的　无奈的

你说的话　我明白的

关于未来

那是一个没有答案的一元二次方程

其实

我一直在寻找

寻找一个求解的方法

因式分解法　公式法

就连分配法我都想到了　也试过了

可是

我始终没有解出你给我的方程

还有你给我的爱

我时常在想
是不是有一种方法
能让你的心灵为我开启
给我一个明确的答案
哪怕只是一个解释
我也心满意足了

不忘初心，在
青天河再出发

觥筹交错，扯顺风旗
无数个狂欢后的日夜，胸口隐隐作痛
麻痹的我，被现实生活浸蚀
厌倦了灯红酒绿
在笑容与悲恸之间，看到虚弱的火光

无数次的呐喊，在去与留之间徘徊
头破血流之后，暴露在时光隧道
看不见自己，迷茫、混沌、颓唐

泛黄的铅字成为历史，如今的光鲜无处安放
回头，顺着火光逆行而走

远处的90星火齐聚
闪烁着耀眼的光芒

不忘初心
拿起笔，在青天河再出发，与文字为伍
未来，我们文字江湖见

4岁的芒辰，你好

从左到右，从右到左，从上到下，从下到上
芒辰的到来，把我的人生加速
就像养育孩子，那般复杂
时间很慢，总期待她快速成长
时间很快，她再也不是3岁小孩

朋友说
芒辰长大了
要学会自己赚钱了

我没有说话，有些紧张，其实
她长大了，我开始害怕，我逐渐找不到自己

从一个老板，变成一个工人

从一往无前，到瞻前顾后
我知道，她长大了，我就
老了?!

不
创业这一路，酸甜苦辣太多
不问，前程如何
只求，风雨兼程，一路向前
我依然是我，不过更加成熟

4岁的芒辰，你好
现在的我，依然紧张与害怕，却多了一份坚持
你给的勇气，我努力行走，给你一个榜样
我们一起，学着奔跑
手拉手，任风任雨

平凡的我们，不平凡的梦

“平凡的我 / 住在一个不平凡的城市 / 过着平凡的日子 / 上班下班 / 洗米做饭 / 忙碌碌一天又一天 / 却不知在干什么”
朋友@我，诉说如今的生活

平凡的生活，是多么枯燥无力，却又多么的幸福惬意
平凡的时候向往着不平凡，不平凡的时候却又向往着平凡
人，或许就是那么不满足

什么是我们想要的生活?
这是很多人问过自己无数遍的问题
我也曾无数次地问自己，却始终没有答案
我们不是哲学家、不是学者
或许平凡生活中我们不需要问这些

更不需要明确的答案

看似平凡的我们，却有着一个不平凡的梦
这个梦，让我们努力着、奋斗者
去追求自己想要的生活

无论好与坏，追求的过程总是辛苦的，但也是快乐的
我们每个人都是这样平凡的生活
平凡地成长，平凡地去经历生命中所需的经历
无论平凡或者不平凡，最重要的是我们过得快乐
就够了

生活或许就是这样，看似平凡
我们每个人却有着不平凡的经历
这些平淡、忙碌、不知所措、迷茫……
终究会成为我们成功路上的奠基石

不用去想太多
不要埋怨什么
向着梦想的远方
平凡的走
走着走着梦就近了……

商人与诗人

每天穿梭在忙碌的人群中
工作挣钱生活
有时候，我觉得
白天是黑夜，黑夜是白天
唯独提起手中的笔，我觉得
那才是有阳光的

间隙，零散的话
记录最简单而纯粹的
生活

故事很平淡，没有波折
不是商人，也不是诗人
我是一个固执的生存者

不完美的我们

很多时候，我们总是站在自己的角度去看待对方的，失误无限放大，逐渐垒起一堵墙
曾经的美好也只是曾经

每天，我都会给自己留一个小时的时间
回顾这一天的点点滴滴
有无数个磕碰，一路随行
抛开烦恼，放空自我，在小小的世界里
努力并活成想要的样子

相处久了，才发现原来，大家都不完美
甚至会嫌弃彼此的不足
而后发现，有几个TA在左右，握紧双手
面带微笑，走在坑洼的道路，挺好

我喜欢的生活

我喜欢，平淡的日子
简单而纯粹
努力工作，用心生活

在温暖的早晨，一盏茶一本书
一把舒适的摇椅
但，我不是老干部

在有阳光的午后，一杯咖啡一首诗
一个有猫慵懒的下午
但，我不是自由自在的老板

在晚餐以后，我喜欢一个人在书桌前，一支笔
书写心中的梦

但，我不是一位作家

我喜欢，平淡的日子
即使，那是极少的方式

却让我在忙碌的工作中
放一个假，找一个家
这是生活，我就是生活

走向经典，或诗的选择

从《神曲》到《红楼梦》再到《亚洲铜》
经典的选择，就如同与大师对话
诗语生活，测量现实与远方的距离

非功非利
当诗成为一种选择
那是一件非常美好而有意义的事情

做一个任性的诗人

深夜，讨论诗作《服装加工厂》
诗人A说，诗歌在自我陶醉中缺少升华的内容
诗人B说，遵从自己的内心真实感受就是好作品

昏睡了许久，翻看曾经的诗作
写给自己，写给孤独
写给十余载青葱岁月

在这个飞速发展的时代
为生活为名为利，太多人迷失自我
在秘密之中，光鲜亮丽之外
将自己抽离，放空
去看最真实的自己，也看最真实的你

写一首首属于自己的诗

做一个任性的诗人

孤独而快乐

请接纳，这样的我

（一）

深夜，依然不能睡
在回忆与未来之间抽离
煲了两个小时电话粥
依然有温暖彼此的地方
在无数个夜晚醒来又睡
恐慌与坚定之间徘徊
两个我，不停地撕扯
到最后终究是两败俱伤
孤独的终会孤独，明朗的依旧明朗
或许一切都没有任何答案
疲惫以后，依然可以拉开窗帘
你看，我还是那个阳光的男孩

（二）

毕业以后，我逐渐变得开朗
学会了对自己微笑
在远山在近海，寻找久违的舒爽
朋友说，其实你骨子里是个厌学者
总会压抑自己的天性
做大人眼里别人家的孩子
我说，其实我是个好学者
从为了父母去学到为了自己去学
现在，我是自己家的孩子
家在远山也在近海

（三）

开了书屋以后，生意极其惨淡
很多个夜晚，独自坐在角落
看一本书写一段字
偶尔朋友来陪我
凳子还未暖热便因为琐事离去
“你在创业，生意也不错，怎么和没事人一样？”
“老实说，你是不是特有钱？”
“店里人好少，你怎么经营下去？”

“现在的人越来越浮躁了，你还能静下心来看书？”

……

不然呢？

开了书屋以后，生意极其惨淡

我却越来越坦然，越来越坚定

安静的夜晚，一个人看书写作

从创业到迷茫，从迷茫到开店

我还在写作，仅此而已

（四）

那天，我们都哭了

我怪TA不黏着我，也不理解我的创业不易

TA一直没说话

我像个怨妇控诉了一番

TA终究还是没绷住

在我面前，第一次哭了

心痛的感觉，TA有我也有

就这样释怀了

九年前的某天

高考结束，和妈妈谈心的时候

终究还是打开心结

我怪她不理解我，不能从小到大陪着我
她在我面前，第一次哭了
心痛的感觉，TA有我也有
就这样释怀了

在心爱的人面前，我是个不善言辞的人
顷刻的心痛，便释怀，曾经
一个在后，一个在前

我的朋友，坦白说

超级演说家　有主见　不随大流
学霸体质　目标坚定　志存高远
上进又上镜　侠肝义胆
兢兢业业刻苦学习　文学少年
拿得起　也放得下　超级守时
拥有文艺天赋　人脉超广
数学大题难不倒　铲屎官
身边的土豪

看到这些　我害羞了
心想　这是我吗

在无数个时刻　我在质疑自己
生怕做错一点点事情　让他人不舒服

害怕失败　害怕否定　甚至害怕交流
固执　甚至自私

他说　你总是很轴
在肯定与否定之间　做最真实的自己
你就是你　独一无二的你

在南徽书屋天马行空

很久没有这样的时刻，一本书一壶茶一个安静的下午
看了一篇篇文章，读一首首诗歌
翻看朋友圈，忘记这个假期，还有户外的游戏
从古到今，从现实到虚拟
我想我是穿越了

在荷马史诗里，探索迈锡尼文明，与英雄及神明对话
与屈原对话，探讨诗词歌赋香草美人
以梦为马，与海子争论，诗与灵魂的距离
在黑夜，唯灵浪漫，顾城是否依然朦胧
在理想与浪漫之间，与舒婷论证，诗的内涵
在色彩与诗技之间，寻找爱的香气，席慕容是否认同
……

灵魂与智慧牵手，我在南徽书屋天马行空
向左是我，向右是我
在这个物欲横流的社会，有一间属于自己的书屋
我合理的信仰，是忠于内心

没有什么大不了

恶魔来临的时候，没有一丝丝防备
甚至不知道该如何去面对，生命中不该承受的苦痛
紧张、心跳加速、焦灼、食欲不振、不敢面对
或者，敢面对，却缺乏应有的勇气

很多的时候，我都在祈祷时光倒流
如果时光倒流，我是否还是那个任性的我？
没有如果，也没有时光机
我能做的，唯有劝自己，在恶魔终临之前
勇敢做自己

去旅行、拍照片、写诗歌，既然不能用完美
丈量这个世界
那我就用脚步、用相机、用紧握手中的笔

去书写属于自己的人生
也许，它并不精彩，不足以成为一个榜样
但于我而言，那是最完美的自我

这个世界上没有什么后悔药
我想说，只要死不了，没有什么大不了

午夜窥探

思绪总宠爱午夜
星星偏离轨道
我放缓脚步
察看周遭的一切
像是
在现实中寻找梦境
却又像是
在梦境中窥探自己
我知道
脚步在跟着节奏
节奏有脚步衡量
我知道
迷失中前行的那个人，是谁

我站在回忆的路口

不知道多少年后
你是否想起那一汪汪的清水
荷塘上的拱桥上依然刻着我们的名字
那曾经雨季中的回眸一笑
倾心　相遇　然后短暂相爱
纵使现在依人远去
我想
心若在　你的容颜依然刻在我的心底
忘记了你什么时候离开的
是那次拱桥上的告别吗
在你杳无音信的光阴里
回忆成了我唯一的安慰方式
荷花依旧一年一年地开
却始终不见伊人去采

竟也忘记了我们雨中的约定

我漫长的等待

终究是往事　终究是你杳无音信　终究是我漫长的等待

可是我又在等待什么呢

伊人已去　永远也不会回来

现在的我　只想站在记忆里　等来生花开

纵使今生不再

我　依然等待来生　再与你相爱

习惯了

昏暗的灯光照在发黄的稿纸上
李白杜甫鲁迅也回去休息了
独留我一个人　一个人发呆
总想想些什么　来回忆你我单纯的点点滴滴
总想写些什么　来纪念我将逝去的青春和已逝的你
总想做些什么　来勇敢地挽留爱　努力爱
……

习惯了听周杰伦的歌
习惯了草莓散发清新的气息
习惯了用左手牵着你的右手一起走
习惯了那条路　那轮月　那个你
……

习惯了曾经的习惯
有你　有我　有青春
而如今
李白杜甫鲁迅也回去休息了
独留我一个人　一个人发呆

刻在骨子里的坚持

夜深了
那些记忆还是抽出它锋利的长剑
刺在我的胸口上
记忆流淌　散落一地
开始麻木的心
哪里是本该有的坚持

你看
就连时间也笑我白痴
那几度空间里
刻满的全是你的名字
刻在我的头颅里
化成灰色的木乃伊

流的血　痛的心　麻木的精神

不要学着一些动物

醒了再睡

日复一日　翻来覆去　生死轮回

定格的记忆里

心依旧　人未停

那些旧时光

有些记忆不曾想起
只是因为一直刻在心底
那些旧时光
单车上的幸福
你甜甜的笑容
定格在我记忆里的每一个角落

怀念

习惯了一个人在阅览室里看书
习惯了一个人静静地发呆
也习惯了没有你的点滴时光
你曾说过
习惯一种习惯是安逸幸福的表现
而现在的我
安逸幸福吗
没有了淡蓝色的信笺
没有了淡黄色的纸片
没有了你那清秀的笔记
我还会安逸幸福吗
也许
也许粉红色的糖果纸，永远不会记得

那个时光 有你在我的身旁

只是我常常忘记了，回忆

梦中的天堂

那个在微笑的你

像胸口刺青

是我永远的记号

要抬头，先埋头

散步的时候，不知不觉走到母校
我听到自己晨读的声音
以及窗外班主任轻盈而有力的脚步声
脑海闪现无数个画面

梦想中的梦想，总是那样神奇
喜欢文学，却不敢接触文学
偷偷地坐在角落，摘抄那些优美的句子
轻声朗读，心却像花儿一样绽放

在这个学习大于一切的年代
我庆幸于自己的坚持与执着
却苦闷于创作中的止步不前

路过曾经学习的教室，我听到班主任给我们说了
三年的励志语
“要抬头，先埋头”

我做到了吗?

光鲜亮丽的表面，作协、作家交流会、读书会
……
有多少时候，是为了名，而非为了文学本身?
有多少时候，是为了利，而在创业中迷失自我?

看到那些青涩的学弟学妹
苦闷的学习，坚定的眼神
以及淡淡的笑容
或许，努力，名与利，本没有答案
只是我们追逐得久了，答案也成了问题

无问东西，珍惜仍旧奋斗的自己
“要抬头，先埋头”
足矣

第四辑

海南：永远的第二个家

天涯海角

我终于来到了梦寐以求的天涯海角了
只可惜
我的身边再也没有了你

清晨
我漫步在天涯海角的沙滩上
看来来去去的情侣们在沙滩上散步
沙滩上　风是清凉的
他们的笑容是甜蜜的
欢笑是他们的
我什么也没有
望着大海 望着那些青涩的时光
驻足　驻足

在心底　在那片海上
曾经有你我的笑容
还有那辆单车
在那个一样繁花似锦的盛夏
那张纸　那轮月　那张摇椅　那段情
终究是浮尘一梦
而今在天涯海角
眼前　只有那一望无际的大海
一望无际的大海

我沿着沙滩一直走
我在想　这片沙滩的尽头是什么
那所谓的天涯石与海角石又在哪里

脱掉鞋子
让脚与大海交流
让心与海风同醉
海边有越来越多的人们
海水　沙滩　微笑
或许他们脸上那一道道随着笑容而展开的皱纹
就叫作幸福吧

不知不觉烈日已经冲着我坏笑起来了
汗水瀑布一般
看着那一对对幸福的人们
汗水也学会了微笑
那旅行中幸福的情侣们
不正是我今后的写照

突然觉得自己好可笑
笑自己太认真　太单纯　太会傻笑

想找个地方躲起来
好逃避烈日对我的坏笑

抬头
眼前就是一块大石
前面挤满了人们
他们摆着各种姿势
冲着相机微笑
原来
这就是天涯石
我梦寐以求的情侣圣地

可是
当我又在寻找时
我却找不到海角石的踪影
我想　或许是
这儿本没有海角石
只是大家虚构的罢了
只觉得失望的触角慢慢伸向了我落寞的心
突然觉得有些累
想找一块石头坐着
吹吹海风
……

“海角石原来在这里”
听见女孩兴奋地叫喊
我转回头去
原来海角石就在那个角落
原来真的有海角石
只是可惜
天涯石和海角石根本不连在一起

我才明白

原来

没有你　没有天涯　亦无海角

原来

天涯海角的情侣们

爱与浪漫　其实都藏在心底

椰林

忘记了海边还有路
前方有椰梦
林荫下
你就像是一只清纯的精灵

风中起舞的裙摆
你浅浅的微笑
是否天上的云朵也学会了欣赏
不然她怎么会冲着你微笑
便也忘记了在苍穹里浮动
那眸里的春光
是你我今生最美丽的邂逅

海风也学会了舞动

唇间是你我的青翠繁华　她的椰梦

就连时间也停止了脚步

留恋于

椰梦长廊下她的舞姿

寻找那

梦中的梦

人间仙境凤凰岭，美到令人窒息

去过很多景区
看过很多美景
却一次次被她的美所吸引

青山烟云之下
你
看着那片片移动的云
深呼吸

观海索道之上
一幅幅三亚精美画卷
映入眼帘

鸟瞰的城市如此之美
宛如人间仙境

漫步林荫小道
鸟语花香
还有你呼吸清新空气
心跳的声音

360°悬挑式观光栈道
四海八景
鸟瞰心中的鹿城

水晶教堂之中
可以触及心的静谧
等TA，想TA

在这北纬18度的爱情圣地
一起
感受这梦中的婚礼殿堂

凤凰之巅

火烧云

一同看日落之美

而我

一直在偷偷看着你

比美到窒息更美

蝴蝶谷

那天　我们还是一起走
看海边的风景
我们一起穿过贝壳馆
行走在漫长的海边
你看　不远处
那里有我们期待已久的蝴蝶谷
那缠绵翩飞的蝶儿
是否是梦中的梁祝
都说好了
在一起
一直都　一起走
不回头
可是眼角的泪珠儿
流在了心里
而我的身边　早已没有了你

三亚湾的晨光

清晨还保留着她的一丝丝清凉
我从酒店里走出来
漫步在这三亚湾的细沙上
望着远方

太阳偷偷地爬上山来
冲着我微笑
海风似一位温文尔雅的少女向我招手
给我一种清爽的感觉
闭上双眼
任海风抚摸我的身体
任晨光亲吻我的脸颊
那一刻　幸福就在我手中

沙滩上有一些早起的人们
他们伸展着身体
做着各种保健的动作
脸上洋溢着快乐的笑容
一位年轻的阿姨主动向我问早
我心喜
这陌生的早安　意外的幸福
就像晨光带给我的感觉
温暖　舒心　清爽

一对外国老年夫妇在沙滩上晨跑
他们边跑边聊
脸上时不时地露出欢快的笑容
映在温暖清爽的晨光下
就连沙滩边的花儿也露出了笑脸
花儿们一定也是看到他们幸福的一幕
开心地笑裂开了嘴吧
我在想
如果有那么一天
我的幸福也应该是这样子的吧
我期待那一天的到来

素未相识的小妹妹在我的背后拉住了我的衣角
我转过身 蹲下来
问她要做什么
她轻轻地拉住我的手
小心翼翼地把一颗糖放在我的掌心
她说：哥哥，这个送给你吃
然后花儿一样微笑 跑开了
她那天真纯洁的微笑
在我的心底轻轻地荡漾着抚摸着
心　开出久违的雪莲花
我本想走过去送给她一份礼物
可是
当我看到那一幕时 我止住了脚步
那一幕：
小女孩铲着沙子，在制作她的城堡
而她的父母也孩子般修建他们的城堡
他们在各自的城堡里用沙子“攻击”对方
三个孩子在晨光下
天真幸福地微笑
你说我怎么忍心去打扰呢

……

众所周知
美丽三亚，浪漫天涯
虽然三亚湾的风景 三亚湾的晨光
的确美不胜收
但是我想
那浪漫天涯下的人们欢声笑语的幸福
才是这世界上最美的风景

怀想春天

我在三亚
在一个叫作热带天堂的地方
远离家乡、远离麦田、远离春天
我在　烈日下的思念
故乡的麦田呀
是不是在春风里开始快速成长
那河岸的垂柳
是不是也抽出稚嫩的芽儿
年迈的阿公阿婆们
是不是依然牵着手　相偎沐浴在春光下的墙角
那些淘气的孩子们
是不是在春风的怀抱里踏青
还有那飘荡在我记忆里的风筝
是不是依然在高空飞翔

而如今　我远离家乡
在一个没有春天的热带天堂
求学　工作　生活　怀想
却找不到　一个有春的方向

爱的旅行

旅行，随心的方向
爱上一个人，爱上一座城市
日落，不是终结
而是沉淀后日生的开始

落日之美，美于心
爱
是我想你的时候恰巧你也在想我
三亚夜深了，爱更深了

你有没有想起我

喜欢在清晨的时候，来三亚的海边漫步
初升的太阳扬洒着它温暖的光芒
和着海风，温暖、清爽
海风吹摆着裙角，望着眼前的大海

海石相连，你看到的是丽人风景
藐藐悠悠，纵使相隔我心依旧
天涯海角，情深意切你侬我侬

此刻的你
在世界的某个小小角落
有没有想起我

让三亚温暖的阳光照进房间

椰海风韵，你看到的是丽人景色
浪漫天涯，永留存的是浪漫记忆

打开窗帘
让三亚温暖的阳光照进房间
这个冬日，不曾寒冷
漫步天涯，让浪漫环绕在你我的周围
这个季节，不曾孤单
敞开心扉，让你我用心灵去交流
这个瞬间，心蕾绽放

爱在三亚
浪漫
只因为有你在身边

天南名胜东坡书院

在东坡书院，读一首属于自己的诗
与苏东坡对话，翰墨余迹，在诗海里徜徉
寻找历史的痕迹，以及文学的修养

诵读“沧海何曾断地脉，珠崖从此破天荒”
恍若曾经，诗文会友，载酒问字
沉浸于此，艺苑奇葩，久久不能释怀

历史可以铭记，精神可以传承
而如今，静心创作的文人还有几个
为名为利，却不知当初的我们为什么喜欢文学
合上诗文，漫步在东坡书院
踱步而行，寻找文学与梦交界的海洋

韶华那年·北纬18度·缘

在这个别离的季节，仿佛大家看惯了伤怀
离别那天，流了多少泪，忆起多少往事
韶华那年，我们怀揣各自的梦想
相聚在这北纬18度的土地上
曾经的梦想，实现与否，你我都知道
那些努力的时刻
信息高度发达的时代，看到太多毕业季的感叹
而我不想一次次伤怀

或走，或留，我们彼此，心在、人在
我们伤怀，不别离
北纬18度的天空，明亮的、热情的
这些年的我们，一起走过多少个日夜

快乐的、不快乐的
回想起曾经的点滴，湿了眼眶，是情谊、是不舍

别离、伤怀，终究会过去，你我会向着远方
未来的未来，情意在
走一程，向一阳，韶华年代
依然是花开不败
千言万语，你我在，心在，缘在，我们不曾分开

痴心蔚蓝的海水隧道
感受神奇的“海底世界”

在这个微世界里
碧波荡漾蔚蓝的海水，五彩斑斓的游鱼、海藻、海石
透过透明的玻璃，你看到的是一个神奇的“海底世界”

好久没有见过这蔚蓝，这纯净的自然海水
有些兴奋，兴奋于这份自然纯净
是一种心灵追逐的享受

自由自在的游鱼就在眼前，那么近
心底油然而生一种莫名的自由感与快乐
我想那是海底的自由带给我的
美的感受，在心底绽放，那便是快乐

诗情画意游崖州古城

驻足在鳌山书院， 聆听那古老的故事与传说
恍若，在崖城学宫学习的古人
让心灵与历史交流，在现实与古典之间徘徊
对话，那属于古老与现代文化交融的层次美

诗情画意不是文人墨客的专属品
生活中的我们每个人都应该有这样的心灵去体会
在繁杂的尘世生活
工作、社会给我们心灵很大的压力
久了，人就会麻木，不如去走走
去聆听那些诗情画意、心灵深处的声音

每个景区都有它独特的魅力

除了那遗留的古代建筑和深厚的古文化背景
崖州古城依然保持它本该有的文化历史底蕴与古典风韵
让人流连忘返，一次次地重游

不想过多渲染三亚多美、崖州古城多美
只想去表达一下自己内心最真实的感受
三亚美，崖州古城美
带着一颗诗情画意的心，用心去感受它的独特

草莓

没有你的日子里
草莓成了我的唯一
我总是幻想
幻想那微微泛红的果肉能带来你的气息
还有那些往事，那些乐与悲
以及那些雨中的记忆

掌心的草莓
每一口
都是你的气息

曾经那些单车上的记忆
有你，有我
还有青草夹杂草莓的气息
而如今

如今的我
习惯了拿出新鲜的草莓
却不知该送给谁，谁还会吃

我想
我想草莓肯定会有记忆
她一定是想起了
那个盛夏，那个故事
曾经的曾经，你我多么甜蜜
以及如今的我们
你在哪里

不然的话
她怎么会在我的掌心流泪

疾走的台风

你从天国而来　降落在人间
在南海　掀起一片属于你的天地
终于有一天　你席卷而来
狂风　暴雨　泥石流
轮船停了　动车也休假了
那高空中行驶的人儿呀　停止飞翔
多少人颠沛流离　亦有多少人在哭泣
是不是　天也在哭泣
流整夜的泪
奔跑　疾走　你划过整座岛屿
青椰落了　水稻也怕水了
你听　是谁在仰天哭泣
又有多少人在欢笑
悲欢与共的天地　你看不见的伤痕累累
我在岛南　双手合十
为逝者默哀

新生代闯海人的号角

1988年，海南建省办特区的号角吹响
在这辽阔的中华大地上
嘹亮的歌声，响起
唱在太阳刚升起的地方，余音绕梁

在家的远方
无数的“闯海人”涌进这座美丽的岛屿
在历史的长河里
书写了浓重的一笔

有汗水、有泪水，甚至有血水
都在这南国之南，挥洒
才有了如今，被上帝宠爱的地方

曾经的荆棘丛生，如今的热带风情
新生代闯海人的号角，再次吹响
在国际旅游岛与自由贸易试验区建设中
向老一辈闯海人致敬，挥洒热血

有汗水、有泪水，甚至有血水
时代在发展与进步，闯海人的号角吹响
一代又一代人的梦想

你看远方的远方，是新的家乡
他们，青春洋溢、满怀激情